DISCARD

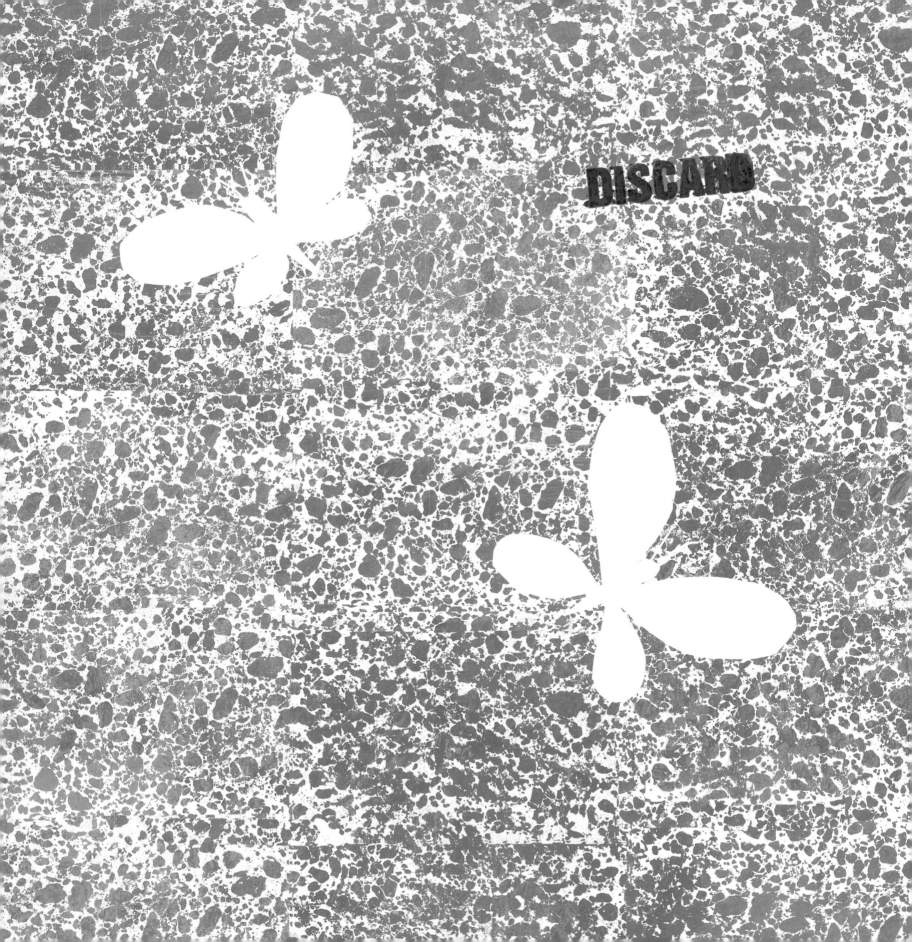

Guido van Genechten

PEQUEÑO
CANGURO
YA ES MAYOR

Mamá Canguro tenía un problema.
El problema estaba sentado en su bolsa.
Era grande y pesado, pero también muy tierno,
y jugaba en su bolsa todo el día.

Pequeño Canguro ya era demasiado grande
para seguir yendo dentro de la bolsa de su madre.
«Ya es hora de que Pequeño Canguro salte a la vida»,
pensó Mamá Canguro.

Pero Pequeño Canguro no quería ni oír hablar de aquello.

La bolsa de Mamá Canguro era cálida y agradable.

Pequeño Canguro bebía leche y se lavaba allí dentro todos los días.

Además, la bolsa le parecía muy útil:

no tenía que saltar para ir de un lado a otro.

Así que cada vez que Mamá Canguro intentaba, con buenas palabras,
sacar a Pequeño Canguro de su bolsa...

... Pequeño Canguro saltaba otra vez dentro de ella.

—El mundo es mucho más grande que mi bolsa,
y también más bonito —le decía Mamá Canguro—.
Mira a las mariposas revolotear de flor en flor.
A Pequeño Canguro las mariposas le parecían aburridas,
y verlas revolotear no le interesaba.
Él prefería quedarse con Mamá Canguro.

—Mira cómo juegan los elefantes con el agua —le dijo Mamá Canguro.
—Los elefantes son tontos —le respondió Pequeño Canguro.
Y cuando el agua le salpicó, no le gustó nada.
La bolsa de su madre estaba seca y calentita.

—Oye los trinos de los pájaros
—intentó de nuevo Mamá Canguro—.
Cuando los oigo, me dan ganas de bailar. ¿A ti no?
—No —respondió con firmeza Pequeño Canguro,
aunque su pata izquierda había estado moviéndose
arriba y abajo.
Los trinos le parecían muy ruidosos.
Pequeño Canguro prefería oír los sonidos
de la bolsa de su madre. Le tranquilizaban.

—¿Ves qué contentos están los monos
cuando saltan de árbol en árbol? —le preguntó Mamá Canguro.
A Pequeño Canguro le gustaban mucho los monos,
pero saltar de árbol en árbol le parecía peligroso.
Pequeño Canguro solo se sentía seguro
en la bolsa de Mamá Canguro, y allí se quería quedar.

–Mira cómo corren las jirafas por la sabana –dijo Mamá Canguro.

A Pequeño Canguro le gustaban mucho las jirafas. ¡Cuánto corrían!
Pero la sabana era tan grande que le daba miedo.
De la bolsa de su madre conocía todos los rincones.

Agotada, Mamá Canguro fue a sentarse.

Había llevado a Pequeño Canguro en su bolsa durante todo el día.

—¡Más, más! —gritaba impaciente Pequeño Canguro—. ¡Quiero verlo todo!

Pero Mamá Canguro no podía dar ni un paso más.

Entonces vieron que alguien se acercaba a saltos.
Pequeño Canguro estaba impresionado.
¡Eran los saltos más grandes que había visto en su vida!
El polvo le cosquilleó en el hocico cuando el saltador se paró delante de ellos.

Pequeño Canguro enseguida se dio cuenta
de que se parecía mucho a él.
Tenía el mismo hocico, las mismas orejas,
las mismas patas y la misma cola que él.
—¿Vienes conmigo? —le preguntó.
—Sí, claro —respondió Pequeño Canguro—,
si me enseñas a saltar como tú.
Y, de repente, salió de la bolsa de su madre
dando un gran salto...

... *al mundo*.

Para su sorpresa, lo hizo sin pensar, fue algo automático.

Orgullosa, Mamá Canguro siguió a su pequeño con la mirada.
Finalmente, su bolsa estaba vacía.
—No vayas muy lejos —le gritó,
porque Pequeño Canguro saltaba sin parar.

Publicado por primera vez en Bélgica y Holanda en 2005 por Clavis Uitgeverij,
Hasselt – Amsterdam – Nueva York

Título original: *Hoe Kleine Kangoeroe de wereld in sprong*
Dirección editorial: Elsa Aguiar
Traducción y coordinación editorial: Teresa Tellechea
Texto e ilustraciones: Guido van Genechten

ATENCIÓN AL CLIENTE
Tel: 902 121 323
Fax: 902 241 222
clientes@grupo-sm.com

Impreso en Bélgica / Printed in Belgium

ISBN: 978-84-675-6918-6
Depósito legal: M-34.606-2013